EL PRÍNCIPE HOMBRE MOSCA

Tedd Arnold

SCHOLASTIC INC.

Al príncipe Garret
y el príncipe Caleb

Originally published in English as *Prince Fly Guy*

Translated by Juan Pablo Lombana

ISBN 978-1-338-20866-5

10 9 8 7 6 5 4 3 2 1   17 18 19 20 21

Printed in the U.S.A.   40
First Spanish printing 2017

Book design by Steve Ponzo

Un niño tenía una mosca de mascota. La mosca se llamaba Hombre Mosca. Hombre Mosca podía decir el apodo del niño:

¡BUZZ!

Capítulo 1

Una noche, Buzz dijo:

—Tengo una tarea. Debo escribir un cuento de hadas. ¿Podrías ayudarme, Hombre Mosca?

—Bien —dijo Buzz—,
¿qué te parece esto?
Había una vez...

—Muy bien —dijo
Buzz—. Había una
vez un trol feo.

—¿No te gusta eso? Eh, ¿qué tal un porquerizo maloliente?

—¿No? ¿Qué tal un apuesto príncipe?

—Bien —dijo Buzz—. El apuesto príncipe caminaba hacia el castillo oscuro.

—¿No caminaba? —dijo
Buzz—. ¿Qué tal cabalgaba
hacia el castillo oscuro?

—¡No! ¡Ya sé! ¿*Volaba* hacia el castillo oscuro?

Capítulo 2

—En el castillo oscuro —dijo Buzz—, el apuesto príncipe comió avena fría.

—¿Qué tal si le dio un beso a una rana?

—¡Ya sé! Rescató a una linda princesa.

—Pero había un gigante
en el castillo.

Capítulo 3

—El gigante persiguió al apuesto príncipe y a la linda princesa.

—Los golpeó y los tumbó.

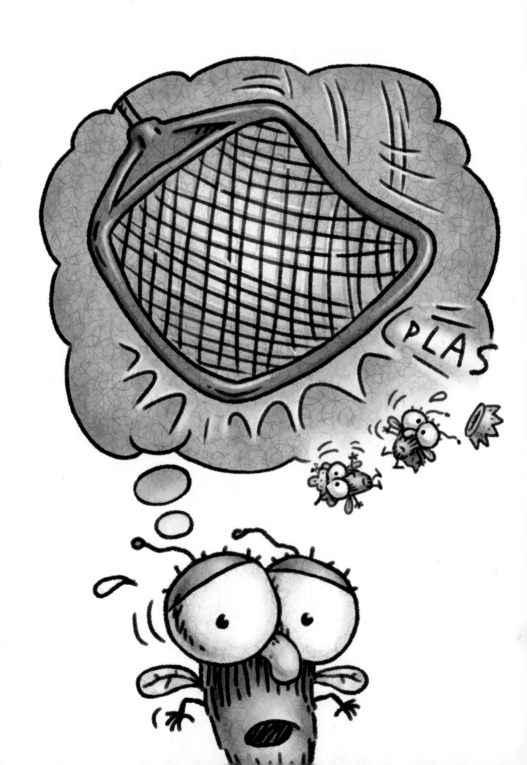

—La princesa lanzó su corona.

—La corona golpeó la nariz del gigante.

—El gigante se cayó.

—Y se fue corriendo.

—El príncipe y la princesa
volvieron a casa.

—Hicieron dos coronas.

—Y vivieron

felices por siempre.

—Fin —dijo Buzz.

—Me gusta mi cuento de hadas —dijo
Buzz—. Oye, ¿quieres escribir otro?

—Bien. Había una vez
una rana solitaria...